내 안에 있는
다른 나에게

내 안에 있는 다른 나에게

발행일	2023년 4월 6일

지은이	양정옥		
펴낸이	손형국		
펴낸곳	(주)북랩		
편집인	선일영	편집	정두철, 배진용, 윤용민, 김부경, 김다빈
디자인	이현수, 김민하, 김영주, 안유경	제작	박기성, 황동현, 구성우, 배상진
마케팅	김회란, 박진관		

출판등록 2004. 12. 1(제2012-000051호)
주소 서울특별시 금천구 가산디지털 1로 168, 우림라이온스밸리 B동 B113~114호, C동 B101호
홈페이지 www.book.co.kr
전화번호 (02)2026-5777   팩스 (02)3159-9637

ISBN   979-11-6836-812-5 03810 (종이책)   979-11-6836-813-2 05810 (전자책)

잘못된 책은 구입한 곳에서 교환해드립니다.
이 책은 저작권법에 따라 보호받는 저작물이므로 무단 전재와 복제를 금합니다.
이 책은 (주)북랩이 보유한 리코 장비로 인쇄되었습니다.

(주)북랩 성공출판의 파트너

북랩 홈페이지와 패밀리 사이트에서 다양한 출판 솔루션을 만나 보세요!

홈페이지 book.co.kr • **블로그** blog.naver.com/essaybook • **출판문의** book@book.co.kr

---

작가 연락처 문의 ▸ ask.book.co.kr

작가 연락처는 개인정보이므로 북랩에서 알려드릴 수 없습니다.

내 안에 있는
다른 나에게

양정옥 시집

온몸으로 써 내려간
위안과 치유의 시

 북랩

시를 쓰기 시작한 지 어느덧 십 년이 지났습니다. 두 번째 시집을 내면서 시를 쓰시는 분들에게 누가 될까 두렵기도 하지만 나 개인적으로 대견스럽기도 합니다.

메마른 땅에 단비가 내리듯, 말라버린 나의 감성의 시라는 비가 내려 마음과 육신의 고통을 이겨낼 수가 있었습니다. 시를 배우면서 생각의 전환을 가져왔고, 텅 빈 마음도 채워졌습니다. 그래서 살면서 그때그때 느낀 것을 한 둘씩 적어둔 시들이 내 삶의 흔적으로 생각하고 부끄럽지만 시집을 냅니다.

내 안에 있는 다른 나에게

지금까지는 나를 치유하기 위해 시를 썼지만, 앞
으로는 나의 시가 다른 사람에게도 도움이 되는 시
를 쓰고 싶습니다. 열심히 노력하겠습니다.

　　그동안 시의 입문해서 지금까지 가르쳐 주신 박수
진 교수님과 문학반 좋은 문우들의 덕인가 합니다.
　　그리고 가족들의 보살핌과 지원에 늘 고마움을 느
낍니다.

2023.

우혜 양정옥

차례

2부_메아리 없는 대화

3부_이별과 슬픔, 그리고 그리움

4부_오늘만은 즐거운 여행

5부_생이 끝나는 순간까지

추천의 말_온몸으로 써 내려간 위안과 치유의 시

1부

노란 꽃등 켜고

새로운 삶

구겨 버려진 종이
펴고 다려서
꽃을 만들어
예쁜 색을 칠하니
한 송이 꽃이
다시 태어났다

내 안에 있는 다른 나에게

꽃마리

실같이 가는 꽃대
깨알보다 작은 그 속에
우주가 들어 있는 꽃

약한 바람만 불어도
가녀린 꽃대는
서로 엉키어 쓰러진다

태양을 향해 힘을 달라며
어제도 오늘도 손짓하는
가련한 여인

민들레

ㄴ자로 구석진 곳
햇살 한 자락 깔고
실처럼 가는 틈에서
잎 옆으로 펼치고
노란 고개 들고 웃고 있다

하늘에 빗방울 떨어지니
노란 꽃등 켜고
어두운 주변 밝힌다

내 안에 있는 다른 나에게

종지 나물

흰 바탕에 파란색
화려하지는 않지만
앙증맞은 꽃

보고 있노라면
엉킨 마음
차분히 가라앉히는 꽃

늘 웃고 있다가
어느 날
슬쩍 떠나버리는 꽃

할미꽃

허리가 꼬부라져
넘어질까 봐
땅만 보며 걸었다
먼 길 걷다 보니
너무 힘들어
굽은 허리 펴고
푸른 하늘 바라보며
한숨 돌리는데
머리카락이 하얗게 변해
바람에 날린다

내 안에 있는 다른 나에게

선인장

나의 고향은 사막
목마른 고통이
육신 뚫고 나와
가시가 되었습니다

사막에 태어난 절망이
지혜를 가져와
목마름 견디고
가시의 보호를 받습니다

지금은
먼 고향을 그리워하며
꽃도 피웁니다

잡초

두려움이 없다

가진 것이 없으니
잃을 것도 없고
남과 비교하지 않고
오직 오늘에 머물며
자신의 삶을 즐긴다

그에게는 모두가 친구다

바람이 불면 바람과 얘기하고
벌, 나비가 찾아오면
가진 것 다 내어주며
그들과 벗하며 산다

내 안에 있는 다른 나에게

오로지
인연이 다하는 날까지
가벼운 영혼으로 살아간다

사랑초

가느다란 몸
별을 담은 다섯 꽃잎
먼 하늘 향해
바람에 흔들린다

떠난 사람 그리며
언젠가
다시 만난 날 기다리는
가냘픈 여인이여

내 안에 있는 다른 나에게

엉겅퀴

성모 마리아가
십자가에서 뽑은 못
땅에 묻혀 피어난 당신

그리스도교의 성화聖花
엄격하고 고독한
사랑인 당신

오늘 얼굴에
손을 대 보니
부드러운 얼굴 가진 당신

아픈 이들에게
자기 몸 내주어
신비의 묘약 만드는 당신은
사랑의 화신

가장 예쁜 꽃

햇빛 따라
키가 자란 제라늄
가지 잘라
물컵에 꽂았다

꽃 몸살 앓는 모습에
못 할 짓 한 것 같다

며칠 뒤 생기 찾더니
실 같은 뿌리 내리고
꽃을 피웠다

괴로움 시간 속에
한 송이 꽃 피워낸 제라늄
기특하고 예쁜 꽃

내 안에 있는 다른 나에게

애호박의 소망

우리도 남들처럼 친구가 필요해요
자유롭게 벌 나비와 놀고 싶고
바람이 전해주는 소식 듣기를 원해요

비닐 캡슐[1] 속에선
맘껏 자랄 수도 없고
움직일 수도, 숨 쉴 수도 없어요

뜨거운 뙤약볕에 시달려도
폭우로 힘들어도
자유롭게 한 철 살고 싶어요

---

1 인큐베이팅 작업: 애호박이 맺히면 꽃과 분리한 후 포장재를 씌워 벌레 유
입과 일정한 크기를 만드는 작업을 말함

민들레 홀씨처럼

삶이 얼마나 짧고 덧없는지
느낄 사이도 없이 지나가 버렸다

바람에 날리는 나뭇잎처럼
흐름 따라 흘러가는 모습 보면서
지금껏 가지려는 것들이
얼마나 보잘것없는지 알았다

그러나 여전히 안타까운 일은
지금도 그걸 붙잡고 자유롭지 못한
내 영혼을 보는 것이다

흰 구름도
검은 구름도
잠시 머물다 자취 없이 사라진다

가슴속 가득 찬 욕망
추억이라는 이름의 지난 이야기
이제는 모두 모두 털어내고
민들레 홀씨처럼
가볍게 가볍게 그 흐름 따르리라

꽃반지

할아버지가 만들어 준
토끼풀 꽃반지 끼고
환하게 웃는 손녀
다가와 손을 내밀며 보란다
보석이 너무 커서
눈이 부시네 했더니
이번엔 달려가
팔찌를 만들어 달란다
손녀의 모습에 미소로 답하고
굽은 허리 다시 굽혀서
꽃팔찌를 만든다
하늘에 흰 구름이
그 모습 바라보며 떠간다

내 안에 있는 다른 나에게

꽃무릇

송신 안테나처럼 긴 꽃대 올리고
팔방으로 촉수를 뻗쳤다

상기된 얼굴로 빨간 입술 바르고
무리 지어 마중 나온 아가씨들
언제쯤 소식이 올까 어디쯤 오려나
설레는 마음으로 기다린다

얼마나 먼 곳에서 오기에
기다려도 기다려도 오지 않아
아름답던 모습 사라진 뒤
뒤늦게 도착한 임

퍼렇게 멍든 마음으로
허공만 바라본다

초롱꽃

봄날 축복 속에서
사랑의 꽃등 켰다

연보라 등에서 나오는 빛은
은은하게 주위 밝혔다

하나둘씩 늘어나는 등으로
살아가던 초롱꽃

어느 날부터
버거운 짐 내려놓고
여름비 맞으며
홀로 서 있다

내 안에 있는 다른 나에게

연못 속에는

무더위에 지친 숲
연못 속으로 들어갔다

나무에 앉아있던 새들도
물속에서 잉어들과 어울려 놀고
푸른 하늘조차도 물속으로 들어갔다

연못 속에는
한 세계가 열렸고
어느새 연못에 들어간 내가
밖에 있는 나를 바라본다

그냥

민들레꽃이 좋다는 손자
왜 좋냐 물으니
그냥 좋단다

한밤중에 자러 온 손자
집에서 자야지
왜 왔냐고 물으니
그냥 자러 왔단다

내 안에 있는 다른 나에게

밥벌이

왕파리가 죽었다
개미들이 몰려와서 끌고 간다

너희는 몇 살이기에
조그만 아이들이
벌써 밥벌이를 하니?

오늘도 아빠 엄마는
돈 때문에 싸웠다

나는 언제 돈을 벌 수 있을까…….

세면대

무서운 아빠도
화난 엄마도
힘이 센 삼촌도
그 앞에 가면
무조건 머리를 숙여요

하지만 동생하고 나는
머리 숙이지 않아요

동생과 나는
꼿꼿이 서서 눈곱만 떼고
얼굴에 물 칠만 하면 되니까요

내 안에 있는 다른 나에게

2부

메아리 없는 대화

가을

가을 채비하는 나무들
어느새 단풍 들어간다

다음 생을 위해
마지막 열정을
자기만의 색깔로 토해낸다
그래서
산과 들은
한 폭의 화려한 수채화다

내 안에 있는 다른 나에게

미로迷路

어둠 속에 잠겨 있던 집
스위치 올리면
한순간 환하게 밝아지는데
어두운 마음 밝혀 줄
광명의 등불 스위치는
어디에 있는지
찾는 마음 조급해질수록 점점
미로 속으로 빠져든다

거울 앞에서

한 여인이 거울 앞에서 서서
혼잣말한다

아침에는 나의 요구대로 하고
저녁에는 너의 요구대로 하자

그러나 말이 없다

매일 아침
하기 싫어, 힘들어하는 너
설득하는 나도 힘들어
하고 싶은 일이 많고
꼭 해야만 되는데
늘 방해만 하는 네가 미워

그러나
내가 너고
네가 나이기에
오늘도 거울 앞에서
메아리 없는 대화를 한다

너덜경에게[2]

산산이 부서져도
피하지도 못하고
묵묵히 받아들이고 있는 너

긴 세월 묵언하고 있는 그 모습 보면서
인생의 유한함이 축복임을 알겠다

생각만 해도 숨 막히는 긴 세월
먼지가 될 때까지
또 얼마나 긴 시간 속에 묻혀있어야 할까

침묵과 인내로 살아온 나의 삶이
네 앞에 서니
한 점의 티끌이구나

---

2   너덜경: 암석이 얼었다 녹는 과정이 반복되면서 부서진 돌무더기 비탈

흔적

하늘을 나는 새
흔적 남기지 않듯이
흐르는 물 뒤돌아보지 않는다

일생을 바쳐 이룬 일
사랑하는 가족들
나의 것 아닌 삶의 그림자이니

떠날 때 미련 없이
흔적 남기지 말라는데

날아가는 새도 흐르는 물도 아닌 사람이
흔적 남기지 않는 일이 가능할까

참소리쟁이

아파트 화단에 자리 잡고
푸른 보금자리 꾸미며
꽃을 피우려는 너
날카로운 예초기의 스침이
아름다운 꿈을 거두어갔다
꽃을 피우고자 하는
너의 간절한 마음
지치지도 않고 다시 새싹 올리며
몇 번이나 몸을 바꾸는가
잘못 자리 잡은 너
끝없는 생을 반복한다

사는 것은 죽음으로 가는 길
죽음은 또 다른 삶의 시작

내 안에 있는 다른 나에게

금이 간 항아리

수없이 금이 간 항아리
긴 세월 추억이 담겨 있다

그 속에는 미운 정, 고운 정 색을 입히고
눈물의 꽃도 피웠고
웃음의 꽃도 피웠다

한때 행복한 순간도 같이 보냈고
지옥 같은 고통도 함께한 항아리

이 항아리 깨지고 나면
어디로 가야 하나

마로니에 숲길

산책길에 반짝이는 것
한 톨 주워보니
알밤 같은 마로니에 열매

네덜란드 대사가 선사한
덕수궁 마로니에는
슬픈 역사 바라보며 서 있고

대학로 마로니에는
젊은이의 꿈과 사랑 먹으며
뜨거운 외침, 화염의 거리 속에서
젊음과 낭만의 상징으로 서 있었다

지금 여기
삭막한 아파트 길가에 서서
무엇을 생각하는가

너의 다른 모습을 알기에
네가 있어 이루어진
아파트 마로니에 숲길 걸으며
젊은 날의 낭만과 아픔 생각한다

이제는 버릴 것과 잊을 것
모두 바람에 날려 보내고
감사하고 행복한 마음으로
마로니에 숲길 걷고 있다

멀리서 보아야

꽃은 가까이 볼 때
신비롭고 아름답고
아기는 무릎에 눕혀 놓고 볼 때
새록새록 예쁘지만
단풍은 멀리서 볼 때
아름답다
우리들의 삶도
한 걸음 떨어져 보아야
단풍처럼 아름답다

지렁이 꽃상여

비 온 뒤 찌는듯한 더위
옴짝달싹 못 하고 축 늘어진 몸에
수십 마리 개미가 몰려들었다

금세 몸 위로 까만 동산 만들어지고
미쳐 못 오른 개미들 주변을 맴돌고 있다

바람 불자 분홍빛 배롱꽃 떨어져
꽃동산 된 마지막 모습
지렁이 최후 이 정도면 괜찮아
가벼운 마음으로 떠날 수 있겠다

추억의 연필

지난날 그리워
깎아놓은 연필

잘못 쓰면 몇 번이라도 지우고
깍지 끼워 썼던
추억의 연필

지우개 달린 연필 사주면
세상 다 얻은 듯 기뻐했고
필통에 가득 차 있으면
그토록 행복했었다

그 시절 그리움을 모아
연필을 모아
깎아놓는다

파리

떠날 때를 잃어
날을 힘도 없고
윙윙 소리도 내지 못한다

날면 서 있고 싶고
서 있으면 앉고 싶은가

납작이 엎드려 있더니
인기척 느끼고
부서질 듯 메마른 몸 일으켜
창가 높이 날아가 앉는다

살고자 하는 그 모습에
손에 들었던 파리채
그냥 내려놓는다

구라파 전쟁

뱃속이 부글부글 끓을 때
어머니는 구라파 전쟁이 났다고 했다

왜 구라파 전쟁이라 하는지
물어보지도 않았고
그 이유를 알고 싶었을 때쯤
어머니는 세상에 계시지 않았다

오늘 감기약 먹었는데
내 뱃속에서 구라파 전쟁 일어나
하루 종일 집에 갇혔다

아직도 풀지 못한 구라파 전쟁
화두가 되어 씨름한 하루였다

내 안에 있는 다른 나에게

도토리

태어나 보니
허락도 없이 남의 집 곁방
빈공간 찾아 줄기 올렸으나
내가 누구인지 알아보지 못한다
하루
이틀
사흘
자그마한 잎을 내밀자
"와! 도토리네." 하며
새로운 보금자리를 내준다
조금만 기다려봐요
내가 멋진 나무로 자라
오늘의 방값
그때 드릴게요

그 길을 가고 있다

어리석음이 앞을 가려서
눈을 뜨고도 보이지 않는 세상이다

안개 속처럼 보일 듯 말듯
잡힐 것 같아 다가가면
점점 사라지는 아지랑이다

눈을 감으면 되살아나는 기억들
행복과 불행
기쁨과 슬픔
승자와 패자의 모습
여러 색 띠며 한 폭의 그림이 된다

더 이상 그곳에 머물 수 없어
기억들 하나씩 지워가며
푸른 하늘을 본다

얼마를 닦아야 맑은 눈을 가질 수 있을까
얼마나 버려야 가슴이 탁 트일까
오늘도 보이지 않는 그 길을 가고 있다

무늬

소돌 해변의 기암석
중생대 지각변동으로
솟아난 바위

헤아릴 수 없는 세월
파도가 온몸으로 부딪쳐 만든 무늬
자연의 걸작품 될 줄 모른 채
쉴 사이 없이 밀려와 부딪쳤다

파도가 일어남은 生이요
파도가 스러지면 死라 했다
死는 아주 끝나는 것 아님을 알려주려는 듯
본래의 모습으로 돌아가
다시 파도 되어 온다

파도는 제 무늬를 바위에 새겨

영원토록 남기는데

내 삶의 무늬는 어디에 새겨져 있을까

은행나무

엄마! 왜 우릴 버려요

울면서 항의하는 은행에게
엄마는 대답한다

엄마는 너희를 버린 것이 아니야
바람이 너희를 데려간 것이지

왜요?

너희들도 아빠, 엄마 되게 하려고

내 안에 있는 다른 나에게

늦가을

고즈넉한 밤
떠나간 당신 그려봅니다.

풍성하고 아름답던 당신
초췌하고 앙상해진 모습 생각하면
지금도 나를 힘들게 합니다

다가올 겨울
움츠러드는 몸으로
언약도 안 하고 떠난 당신을
기다려야 할까요

따스한 당신 품속에서 느꼈던
행복한 순간들 잊을 수 없어
힘들어도 오래 기다리겠습니다

팔봉산에서

꽃 같은 산봉우리
강을 끼고 산속으로 산속으로 들어간다

먼 산 하얀 치마 산등성이 휘어 감긴 곳
길을 뚫으며 굽이굽이 산사를 찾아간다

서서히 구름 걷히니
빨갛고 노란 단풍잎이
바람에 파르르 떨고 있다.

어느새
나는 한 마리 새가 되어
파아란 가을하늘을
자유로이 날고 있다

내 안에 있는 다른 나에게

3부

이별과 슬픔,
그리고 그리움

손

모르는 사이
손등에 산맥과 다랑논이 생겼다

치매 걸리신 시아버님 모신 손
10년간 자식들 도시락 싼 손
남편 저세상까지 배웅한 손이다

보고 싶지 않은데
자꾸 눈길이 간다

내 안에 있는 다른 나에게

그냥 눈물이 흐른다

중환자실에 누워있는 언니
가죽에 뼈만 앙상하다

마른 몸속에 무슨 병이 그리 많은지
폐에 고인 물 빼내고
붉은 피 수혈하며
기력을 북돋우지만 발은 차다

면회 시간 끝나 돌아오는데
울지 않아도 눈물이 난다.
슬프지 않은데 눈물이 흐른다

언니의 기도문

결혼 때 방석과 횃댓보
수놓아 주던 언니
돋보기를 쓰고 만든
인조견 잠옷 가져왔다

사 입으면 되는데
뭐 하러 만들어 오냐고 타박하니
건강하게 해달라는
간절한 기도로 지었단다

늘 아픈 동생 걱정
올 때처럼
갈 때도
반드시 순서를 지키란다

내 안에 있는 다른 나에게

이것은 잠옷이 아니라
언니의 기도문이다
그 마음 알기에
가슴이 저려온다

언니가 떠났다

비 오는 날 언니가 떠났다

곱게 단장하고
욕망도 미움도
다 내려놓고
편안한 모습으로 누워있다

자식들이 매달려
엄마를 불러도
더는 대답이 없다

이젠 마지막인데
말 한마디조차 할 수 없어
차가운 몸을 만진다

주인 잃은 숫돌

칼을 갈 적마다 삭삭 소리 내며
자신의 몸 내어주고
조금씩 조금씩 여위어가면서
긴 세월 함께 살아온 너
이제는
주인 잃고 한구석에서
움푹 패인 몸에 그리움 채우고
추억의 눈물 흘리고 있구나

그들은 어디로

내 곁을 떠난 사람들
어디로 갔습니까

백 일간 기도 끝에
보내드리는 날
비가 몹시 내렸습니다

인연 따라왔다가
인연 따라간다는 말씀 믿지만
남겨진 사람들
미련과 후회로 힘이 듭니다

잊으려 해도 시시때때로
되살아나는 기억들
빗물에 모두 씻어내려 합니다

내 안에 있는 다른 나에게

누리장나무(취오동)

십수 년 남편과 걷던 이 산길
못 보았던 꽃 같은 열매
오늘 보았다

분홍빛 별 가운데 흑진주 박고
넓은 잎에 매달린 앙증스러운 열매

진작 볼 수 없었던 것은
관심이 없었기 때문
홀로 걷다 보니
안 보이던 것이 보인다

모든 것은
마음이 머물 때만 그곳에 존재한다

아직도 멀었구나

몸과 마음 다 준 사람
아픔과 그리움 주고 간 사람
어제 꿈속에서 만났다

무슨 얘기인지 많이 했고
즐겁게 웃다 깨어보니
허망했다

다시 눈 감고 청해도
오지 않는 잠
너 아직도 멀었구나

갑자기 들리는 소리에
오뚜기처럼 벌떡 일어나
정신을 차리고 앉는다

내 안에 있는 다른 나에게

참꽃 진달래

이슬주 마시고 태어나
온 산을 붉게 뒤덮은 너
꽃 중에 너만큼 진실하고
다정다감한 꽃이 있으랴
짧은 생이기에
많은 이들 너를 보기 위해
가쁜 숨 몰아쉬고 찾아 왔구나
아직도 잊히지 않은
그리움이 있는지
눈물로 얼굴을 적시었구나

우란분재일1

하얀 종이 위에 써진 이름
아린 마음 그 위에 얹고
백일동안 당신 생각했습니다

날아가 버린 새 잡을 수 없고
흘러가는 구름 멈출 수 없듯이
인연 다해 떠난 당신
돌아올 수 없지만

그리움과 아픔 마음
연기에 실어
당신께 보냅니다

내 안에 있는 다른 나에게

목련 1

어둡고 고달픈 날들
가슴에 희망을 품고
설레는 마음으로 기다렸습니다.
함께한 시간은 짧지만
그 사랑 영원하기에
한 잎 한 잎 꽃잎으로 수놓아
당신께 보냅니다.

인연

함께 있을 때
멀리 있는 듯 야속했는데
지금은 멀리 있어도
가까이 있는 것 같습니다

텅 빈 가슴인데
무엇인가 가득 차 있고
눈에는 보이지 않는데
소리 없는 소리로
대답해 오는 당신

그 인연 끝난 줄 알았는데
아직도 내 가슴에
남아 있나 봅니다

내 안에 있는 다른 나에게

우란분재일 2 (친정어머니)

제단에 잔 올릴 때
흐려지는 시야
미련보다는 후회로
가슴 아프다

생인손 같았던 딸
어머니께 불효만 했고
서로 다름 알면서도
인정해 주지 못한 미안함
늘 마음속에 빠지지 않는 대못이다

참회하는 마음으로
생이 끝날 때까지
인연 있는 이를 위해
기도하리라 다짐하는데
자꾸 목이 멘다

그리운 얼굴

파도가 바위섬에 부딪혀
물보라 일으킬 때
가슴 속에 웅크렸던
새 한 마리 날아갑니다

파도와 함께 밀려와
떠오르는 얼굴
바위에 부딪히니
내 몸이 움찔합니다

허상인 줄 알면서도
멍하니 서서
쉽게 그 자리를 떠나지 못합니다

꿈

내가 꾸는 꿈속에서는
늙음도 죽음도 없다

화창한 날
꽃이 만발한 마당에서
친정어머니와 남편이 웃고 있다
자리에 누워 움직이지 못하던 언니들도
건강한 몸으로 일을 하고
나 또한 아프지도 늙지도 않았다

동네 사람들에게 꽃을 배경으로
사진을 찍어주는 순간
다리에 쥐가 나서 꿈에서 깨었다

되돌아갈 수 없는 지난 시간
마음속 깊이 간직한 채
미련 못 버리는 나를 일깨워준다

4부
_____

오늘만은 즐거운 여행

그래도 즐거운 여행

흐르는 세월 잡을 수 없기에
단풍 짙은 이들이
단풍 든 나무 아래서
사진을 찍는다

세월은 잠시도 쉬지 않고
흘러가는데
옛날로 뒷걸음질하며
마음은 청춘이란다

가는 세월 아쉬워 노래 부르다
지난날 추억에
웃기도 울기도 한다

이 순간
단풍색은 점점 짙어만 가고
언제 떨어질지 모른다

그래도
오늘만은 즐거운 여행

그 길을 걷고 있다

바닷속에 우뚝 솟은 섬 해금강

파란 하늘 아래
검은 보랏빛 돌 위에 나무들
바위에 새겨진 문양과 그 모습
자연이 만든 예술품들
돌에 부딪혀 하얗게 거품을 토해내는
초록빛 바닷물

촛대 바위와 사자 바위
몸속으로 들어가니
십자로가 된 파란 하늘
나는 그 하늘길을 걷고 있다

내 안에 있는 다른 나에게

추억 만들기

억새 풀 출렁이는 새별오름
해지기 전 억새 풀 속으로 들어가
저마다 추억 만든다
칠월의 나무 같은
젊은이들 바라보며
싱그러움 속에서 나를 잊는다
힘겹게 올라온 탁 트인 정상에서
지는 해 바라보며
지금껏 살아있음에 감사기도 드린다

행복한 날

오르고 올라도 끝없는 계단
행락인가 고행인가
바람조차 없는 무더운 날
해발 천칠백 한라산을 오른다

잠시 쉬면서 주위를 보니
병풍바위와 용암이 흐르다 굳어서 된
형상들이 능선에 조각품 되어있다

눈앞에 나타난 거대한 한라산 분화구
풀 한 포기 없는 암석
손으로 만져 보고 싶었으나
길이 막혀서 갈 수가 없다

내 안에 있는 다른 나에게

영실 최고봉에 오르니
올라올 때 힘들었던 생각 어느새 잊고
뿌듯함과 만족감으로 가득 차
오늘은 값지고 행복한 날이다

그랜드 캐니언

사백 오십 만년 된 당신 앞에서
백 년도 못 살아본 내가 무슨 말을 할 수 있겠습니까
거대하고 광활한 모습
숨 막히고 심장 멎는 듯
머릿속이 하얘집니다
생각은 천리만리 달아나고
육신의 고통도 잊은 채
멍하니 바라보는데 눈물이 흘러내립니다
기뻐서도 슬퍼서도 아닌
경이로움에 그냥 눈물이 납니다

나의 모습

손으로 만져 보고
걸어도 보았던 금문교[3]
돌아보니 안개 속에 사라졌다

있는데 안 보이는 것이
어찌 다리뿐이겠는가

짙은 안개보다
더 강한 욕망의 장막으로
눈 뜨고 못 보면서도
그것을 깨닫지 못한 채
살고 있는 내 모습

---

3 금문교: 미국 샌프란시스코의 다리

푸시킨

금수저 들고 태어나고도
외롭고 험한 길을 찾아
고달픈 삶을 살았던 당신

비참한 농민의 삶
눈 감을 수 없기에
사회 향해 날카로운 목소리 내고
유배 생활해야 했던 당신

'삶이 그대를 속일지라도
슬퍼하거나 노여워하지 말라'는
당신의 시는
그들에게 위로를 주는
한 가닥의 빛이었다

내 안에 있는 다른 나에게

오늘
당신의 동상 앞에서
말없이 옷자락을 만져본다

미케비취[4]

흰 거품 물은 파도가
해변가에 부딪혀 사라지면
하얀 띠 파도가 밀려온다

파도가 떠난 해변에는
하얀 조가비가 누워있다

파도는
늙고 죽음을 어찌 슬퍼하냐 말하며
죽음이 곧 태어남이요
태어남이 곧 죽음이란다

소리 없는 법문 마음으로 들으며
밀가루처럼 고운 해변
말없이 걷는다

---

4   미케비취: 베트남 다낭에 있는 세계 6대 해변으로 모래가 매우 고움

소금 마을[5]

검은 바위틈 사이에 흰 눈 내려앉아
떡시루 엎어 놓은 산이 있고
동화 속 같은 마을
산자락에 옹기종기 모여 있다

하늘빛 호수 속에
마을이 산을 이고
가끔씩 내리쬐는 햇빛이
은빛 호수 만들면
산과 마을의 반영은 사라진다

눈에 보이는 것은
하늘과 산과 물뿐
마을은 천년 고요 속에 묻혀있다

---

5 70여 개의 호수를 품은 오스트리아의 대표적인 휴양지 할슈타르

어떤 삶

싫은 것 거부하며
하고 싶은 것만 하면서
살아온 당신[6]

인생이 모든 것을 주었기에
더 이상 원하는 것도 없다던 당신

그런데
당신의 그림 속은
쓸쓸한 겨울만 가득합니다

적막하고 침울한
눈 내린 작은 마을 안에 담긴
당신의 마음을
알 수가 없습니다

---

6 모리스 블라맹크(1907~1958): 야수파를 이끈 현대 미술의 거장

얼마를 배워야
얼마쯤 마음을 닦아야
당신을 알 수 있는
눈이 떠질까요

옛 정취를 걷다

붉게 물든 저녁노을이
정감이 가는 높은 토석담[7]에 내리고
숨소리조차 들리지 않는 한옥들
깔끔하게 비질 된 골목길에 들어서니
아궁이에 군불 때고 있는 한 노인
굴뚝에서 나오는 나무 타는 냄새

밭에 솜을 물고 있는 목화 나무가
남평 문씨 세거지임을 말한다

---

7 토석담: 흙과 돌을 이용한 담장으로 토담보다 위계가 높은 반가나 민가에
서 사용되는 담

청라언덕에서

새로 지은 고딕 성당 옆
정겨운 계단 오르니
푸른 숲과 고풍스러운 벽돌집

한 소년이 소녀를 바라보려고
오르던 청라언덕

말 한마디 못 건네고
혼자서 속앓이하던
능금 같은 짝사랑

언덕과 집은 그대로 있건만
사람도 애틋한 사랑도
세월 따라 가버리고
사연만 그 자리에 전설처럼 남았다

환선 동굴

모노레일 타고 오른 동굴
여름 한복판에서 겨울의 한기를 느낀다

어둠에서 쏟아지는 폭포
하늘에서 하얀 용이 내려오듯
물안개에 싸여 요란한 소리를 내며 흐른다

맑은 물이 흐르는 계곡
이곳저곳 소를 이룬 물의 세상
땅속에 펼쳐진 또 하나의 선계仙界

웅장한 자연 앞에서 느끼는
존재의 가벼움

나만의 길
-여수 돌산 공원

밤하늘에 별들이 총총하고
발아래 찬란한 불빛이
바다 물결 따라 흐르고
사람들 세월 따라 흐른다

길고도 짧은 세월
열심히 살아서
후회할 것은 없다

이제는
물처럼 순응하면서
바람처럼 자취 없이
살다가 가고 싶다

끊임없는 반복

메소포타미아 문명을 보면서 생각한다
인간은 만물의 영장인가
아니면 만물의 가해자인가

오천 년 전 수메르인은
최초로 쐐기문자 만들고
지금 우리가 쓰고 있는
구구단 오 단까지 사용했다

지점토에 곡물 거래 명세 적어놓고
자기 형상 만들고 의복에는 자기 소개했다
찬란한 문화 만들었던 그들 보면
분명 인간은 만물의 영장이다

그러나 빈부 차가 생기며
약자 괴롭히고 서로를 속이자
함무라비 왕은 법전을 만들었다

내 안에 있는 다른 나에게

눈은 눈, 이에는 이
보복주의를 바탕으로 한
왕권 강화 수단이었고
계급에 따라 받는 처벌 모두 달랐다

최초의 법전 의미는 있으나
인간의 끊임없는 야욕으로 일으키는
전쟁으로 약자는 죽어야만 했다
수많은 국가가 생기고 사라지길 거듭하면서
비옥했던 토지는 사막으로 변했다

달도 차면 기울듯이
사람이나 국가나 형태가 있는 것은
결국은 멸하고 새로운 것이 일어나는데
아직도 지구촌 곳곳은 전쟁 중이다

필연

-대왕암 공원 부부송夫婦松

사랑하는 마음으로 부부 되었다가

그 인연 오래지 않아

물거품처럼 사라지니

그리움만 쌓였네

못다 이룬 사랑 찾아

수 없는 세월을 거쳐

지금은

늘 마주 보며

못다 한 사랑 나누는

부부 소나무 되었구나

내 안에 있는 다른 나에게

존재의 가벼움
-울산 대왕암 공원에서

수평선 가물거리고
하늘과 바닷물 맞닿는 곳

맑고 푸른 물 위에
만물상 주상절리는
갓 씻은 얼굴처럼 뽀얗다

죽어 용이 되었다는
왕비의 전설을 지닌 대왕암은
푸른 바다 거센 파도를 견디며
천년 세월 동안 우뚝 솟아 있다

우주에 한 점에 지나지 않는
가벼운 존재라는 생각에
복잡했던 실타래를
파도 소리에 흘려보낸다

5부

생이 끝나는 순간까지

고물상으로 가는 길

파지가 쌓인 손수레
사람은 보이지 않고
혼자서 간다

두 다리 버티며
굽은 허리를 뒤로 젖히고
질 수 없는 힘겨루기를 하며 내려간다

비탈길 내려와
이마의 땀을 씻으며
하얀 입김을 뿜는다

당신이 주신 선물
이제는 낡았으니
새로운 선물을 주시옵소서

검은 발톱

조급한 마음에
자라지도 않은 발톱을 깎는다

암과 싸운 팔 년의 세월
까맣게 된 몸의 흔적

검은 발톱이 사라지면
죽음의 늪에서 벗어나겠지

내일이면
오늘의 내가 아니길 바라며
검은 발톱을 깎는다

뇌 항아리

물이 새고 있다

아무리 둘러보아도
금이 간 곳은 없다

바꿀 수도 버릴 수도 없다

자꾸 채워보지만
채우는 물보다
새는 물이 더 많다

내 안에 있는 다른 나에게

펌프

마중물을 부어
밑바닥에 고여있는
맑은 물을 끌어 올려
하루를 연다
녹을 닦아내고
헐거워진 곳은 조이고
망가진 것은 갈아 끼우며
금이 간 유리병 다루듯 조심스럽게
오늘도 내일도
아니
내 생의 남은 시간을 다 들여서
정성껏 돌보리라

터널

살면서 지나온 터널 몇 개였던가
빈곤의 터널
병고의 터널
사별의 터널
죽음의 터널
죽음의 터널 속에서
처절하게 고통과 싸우다가
푸른 하늘, 우거진 녹음 보는 순간
안도의 눈물 흘렀다
동굴이 아닌 터널은
언젠가 벗어나게 되어있다

내 안에 있는 다른 나에게

십이월

어디로 사라졌을까
조각난 시간들

지금
시간 한 조각 잡고서
어찌해야 할까

지나간 순간을
되살려 살펴볼까
불확실한 미래지만
자세히 그려볼까

아니다
얼마 남지 않은 시간 여백
그냥 남기고 싶다

정신 차려

산을 오른다
앞, 뒤 안 보며
숨 가쁘게 오르다 보니
다른 봉우리가
나 여기 있다고 말한다
왜 힘든 이 길을 택했을까
생각에 빠졌을 때
있는 그대로 받아들이라고
내 안에 다른 내가 말한다

내 안에 있는 다른 나에게

나의 탑

살아오면서 열심히 쌓은 탑
지금 보니 마음에 들지 않는다

나름대로 착실히 쌓았건만
서투른 나의 삶이
고스란히 박혀 있다

헐어내고 다시 쌓고 싶지만
그래도 더러 빛나는 옥석들이 있기에
헐 수 없다

멋진 석공의 탑은 아닐지라도
사랑하고 보듬으면서
주위를 밝히는 탑으로 남으리라

등대

어서 오라는 말도
잘 가라는 인사도 없이
그리움과 아픔 견디며
바다만 바라보고 서 있는
그대는
묵언을 수행하는 인욕보살

내 안에 있는 다른 나에게

은령

먹은 사이 없이 나이 먹고
보낸 적 없이 세월만 갔다
부질없는 후회하기 싫어
이제 계획은 더 세우지 않는다
어두운 눈 탓하지 않으며
두 발로 걸어 다니는 것
감사한 마음 흔들리지 않고
게으른 생각 내지 말고
다만
내일도 오늘처럼 살기를

허물어져 가는 몸

찾아간 정비소에서
낡은 차 보더니
그냥저냥 쓰시죠 했다

아직은 굴러다니는데
미리 버릴 수 없으니
라이트를 밝게 해주고
손 볼 곳을 보아 달랬다

한때는 다른 곳에 정신 팔려
소홀히 했고
세월이 흘러서 낡았지만
나에겐 아직도 소중한 것

동거해 온 세월만큼
기쁨과 슬픔이 쌓인 곳
멈추는 그 순간이 내일일지라도
오늘은 정성껏 돌보리라

상처

비바람 불고 나니
쌓인 나뭇잎
노랑, 빨강, 주황
색깔 따라 나뭇잎을 줍는다

아름답다 싶어 들고 보면
상처투성이
마음에 들지 않아
줍고 버리기를 반복하는데

너는 완벽한가?
마음속 질문에 가슴 찔려
버리려던 나뭇잎
그냥 들고 돌아선다

내 안에 있는 다른 나에게

목련 2

비바람으로 멍이 들고
한 생 살아보지도 못한 채
떠나는 어린 꽃들

그 마음 알기에
잘 그리지는 못해도
화판에 정성껏 너를 그렸다

꽃은 쉬 지기 때문에
더욱 아름답고
인생은 죽음이 있어
그 삶이 값진 것

억새풀

아름답지도 향기도 없어
그 누구의 시선 받지 못해도
누구를 탓하거나
원망하지 않는다

나는 나일 뿐
주어진 삶에 충실함이
존재의 이유

날이 갈수록
얼굴은 은빛으로 빛나고
몸은 황적색으로 변했다

바람이 찾아오면
춤추며 노래하다
이웃이 홀로 다 떠나면
묵언하는 수행자가 된다

내 안에 있는 다른 나에게

새로운 다짐

높은 산 오르는데
몸이 무겁다
정상에 석탑이 보이는 순간
축 늘어진 육신에 생기가 돈다

네 마음 있는 곳에 내가 있고
일상이 불공 아닌 것 없는데
무엇이 너를 힘들게 하는가

새털 같은 몸과 마음으로
어서 오라는 소리가
내 발걸음을 이끈다

법당 부처님 진신사리 앞에서
부끄럽지 않게 살 것을
두 손 모아 다짐한다

해를 묶어두고 싶다

금맥을 찾느라 시간을 허비했다
지금에야 찾았으나
해는 이미 서산마루에 걸려있어
어느 세월에 채광하고
어느 세월에 제련하여
진금眞金 얻을 것인가
지는 해 서산마루에 묶어두고 싶다

소망

어디선가
날아온 예쁜 새
보기는 했어도 이름 모른다
한참을 쳐다보며 지저귀는데
알아들을 수가 없다
아는 것보다 모르는 것이
더 많은 나는
고향으로 돌아가기 전에
새들의 소리
꽃들의 속삭임
알아듣고 싶다

생이 끝나는 순간까지

남편이 세상 떠난 후
빈자리를 채워준 당신
추수 끝난 논 같은 마음
봄으로 변화시켰습니다

쌓였던 말 쏟아내어도
묵묵히 들어주고
소리 없는 언어로
어휘의 빈곤함 지적했습니다

좌절할 시간에
세밀하게 보고 폭넓게 배우며
깊이 생각하면
세상의 아름다움 보게 된다고

당신을 만난 것은 행운
머릿속에는 언제나 당신 생각뿐

내 안에 있는 다른 나에게

시여!
부족하지만 생이 끝나는 순간까지
당신을 사랑하겠습니다

온몸으로 써 내려간 위안과 치유의 시
- 양정옥 시집『내 안에 있는 다른 나에게』-

박수진朴水鎭 시인

1. 들어가는 말

시란 무엇인가? 지금 내가 쓰는 시가 시의 본질에 가까
운가? 그리고 왜 시를 쓰는가? 이 물음은 시를 쓰는 사람
이라면 누구나 가지는 근원적인 질문이다. 그러나 이에
대해 명쾌하게 답을 내거나 듣기는 어렵다. 사람마다 글

을 쓰는 동기나 목적이 다르고 미학적 판단에는 다소의 차이가 있을지 모르지만 모든 예술이 그렇듯 근본적으로 옳고 그름이 없고, 맞고 틀림이 없으며 주관적인 의견이 있을 뿐이기 때문이다.

그 한 예가 근래에 회자膾炙하는 한글을 갓 깨친 노인들의 시, 흔히 말하는 '칠곡 할머니들의 시'가 잔잔한 감동을 주고 있는 것이다. 그들이 쓴 시에는 비유나 상징이나 함축, 이미지화나 낯설게 하기 등 시 창작에 동원되는 온갖 원리들을 적용할 공간이 없고 그럴 필요도 없었다. 온몸으로 살아낸 땀 냄새 짙게 밴 삶과 진솔한 언술이 한 편의 시였고, 가식이 없는 행간을 따라 어느새 문학의 최종 종착지인 공감과 감동의 지경에 이르러 있었기 때문이었다. 그리고 무엇보다 중요한 사실은, 시를 쓰는 과정을 통해 아마추어 할머니 시인들은 마음의 상처가 치유되고 희생에 대한 보상을 남이 아닌 자신에게서 받았다는 점이다.

뒤늦게 문해 교육을 통해 한글을 깨친 칠곡 할머니들이 배움에 있어 흙수저라면 서울에서 태어나 자라며 대학

교육을 받은 양정옥 시인은 행운아라 할 수 있다. 시인은 고전적인 말로 현모양처요 효부로 살아오며 아낌없이 사랑받고 사랑하며 살았다, 그러나 불청객처럼 찾아온 병고와 갑작스럽게 사랑하는 사람을 떠나보낸 상실감을 감당하기에는 너무 여린 감성을 지닌 여인이었다. 그 어둡고 힘든 시절을 견뎌내기 위해 늦깎이로 문학에 입문해 온몸으로 글을 써 내려가며 자신을 위로하고 치유해 가는 과정이 칠곡 할머니들과 크게 다르지 않다.

양정옥 시인은 글쓰기를 통해 수시로 가라앉고 구부정해지려는 몸과 마음을 추스르고 일으켜 세웠다. '내 안에 있는 다른 나에게'라는 시집 표제의 의미를 생각하며 「시인의 말」에 써 놓은 "10여 년 넘는 세월 동안 나를 치유하기 위해 썼다"는 그 시편들을 마중해 보기로 한다.

2. 꽃과 자연물에 비추어 본
   시인의 자화상

1부와 2부에 실은 시편들은 꽃과 식물을 중심으로 관찰하며 거기에 자신의 모습을 투영해 노래하고 있다. 첫머리에 실은 「새로운 삶」은 언뜻 보면 짧고 단순한 시로 보인다. 그러나 시인이 이 시를 맨 앞에 실은 이유가 무엇일까를 떠올려보며 다시 읽으면 짧은 글 속에 감추어진 긴 사연들을 짐작해 볼 수 있다.

구겨 버려진 종이
펴고 다려서
꽃을 만들어
예쁜 색을 칠하니
한 송이 꽃이
다시 태어났다

- 「새로운 삶」 전문

종이접기 정도의 단순한 이야기 같은데 제목이 '새로운 삶'이다. 무거운 과제를 쉽게 풀어 쓰고 있다. 이것은 대단한 공력이 아니면 나오기 어려운 언술이다. 제목의 힘과 함께 '말은 쉽게 뜻은 깊게'라는 시 쓰기의 길을 알고 있어야 가능한 일이다. 양정옥 시인은 첫 시집에서 남편이 떠난 날의 시 첫 구절에 극도로 감정을 절제한 '오늘 남편이 떠났다'라고 표현해 읽는 이들을 놀라게 한 적이 있다. 시 첫 행의 '구겨 버려진 종이'는 숱한 병마를 겪은 육신이며 사랑하는 사람을 떠나보내고 홀로 남은 시적 화자의 모습이다. 구겨 버려진 종이 신세라 해도 목숨은 소중하고 삶은 살아내야 한다. 그래서 구겨 버려진 종이를 펴고 다려서 꽃을 만든다. 거기에다 예쁜 색까지 칠하니 한 송이 꽃으로 태어났다. 지혜롭게 자신을 다스리는 자세에 숙연해진다. 「할미꽃」도 같은 맥락으로 읽히는 시다.

허리가 꼬부라져
넘어질까 봐
땅만 보며 걸었다

먼 길 걷다 보니
너무 힘들어
굽은 허리 펴고
푸른 하늘 바라보며
한숨 돌리는데
머리카락이 하얗게 변해
바람에 날린다

- 「할미꽃」 전문

시가 한 척의 배라면 비유는 부력浮力에 해당한다. 배가 물에 뜨지 않는다면 무슨 소용이 있겠는가. 그만큼 시적 표현에 있어 비유가 차지하는 비중이 크다는 뜻이다. 그러나 이 시에는 흔한 직유나 비유가 겉으로 드러나 있지 않다. 원관념과 보조관념을 따로 두지 않은 통 비유를 쓰고 있기 때문이다. 내가 곧 할미꽃이 되고 꽃이 내가 된 일체화를 이루고 있는 시이다. 대교약졸大巧若拙이라는 말처럼 기교가 없는 듯한 글 속에 고난도의 기교가 숨어있는 것이다. 「사랑초」 「민들레 홀씨처럼」도 일관성 있는 흐름으로 읽히는 작품이다.

내 안에 있는 다른 나에게

2부 '메아리 없는 대화'에서 펼쳐낸 작품들 또한 자연과 함께 사물에 감정이입을 함으로써 내면의 모습을 그려내고 있다. 그 대표적인 시가 「금이 간 항아리」이다.

수없이 금이 간 항아리
긴 세월 추억이 담겨 있다

그 속에는
미운 정, 고운 정 색을 입히고
눈물의 꽃도 피웠고
웃음의 꽃도 피웠다

한때 행복한 순간도 같이 보냈고
지옥 같은 고통도 함께했다

이 항아리 깨지고 나면
어디로 가야 하나

- 「금이 간 항아리」 전문

예로부터 항아리는 여인들의 삶과 애환을 담고 있는 종

요로운 살림살이다. 조석으로 마주하며 애지중지하고 정인처럼 마음을 주고받았을 터이니 '행복한 순간도 같이 보냈고 지옥 같은 고통도 함께했다'는 표현이 결코 과장이 아닐 것이다. 그런 항아리에다 시인은 '미운 정, 고운 정 색을 입히고 / 눈물의 꽃도 피웠고 / 웃음의 꽃도 피웠다' 그리고 드디어 감정이입 동질감을 넘어 일체감을 느낀다. 반들반들 윤이 나던 지난 시절의 항아리가 시인의 젊은 날이라면 세월의 무게를 이기지 못하고 수없이 금이 간 항아리는 '행복한 순간'도 '지옥 같은 고통'도 다 지나와 노년을 살아가는 시인의 모습이다. 많은 마음수련과 불법 공부를 통해 생사의 이치를 깨닫고 초월의 삶을 살고자 하지만 깨진 뒤의 항아리 행방을 그려보면 생각이 깊어질 수밖에 없다. 육신을 가진 인간의 한계를 느낀다.

한 여인이 거울 앞에서
혼잣말을 한다

아침에는 나의 요구대로 하고
저녁에는 너의 요구대로 하자

거울은 말이 없다

- 「거울 앞에서」 부분

거울을 사이에 두고 두 여인이 옥신각신하며 메아리 없는 대화를 하는 「거울 앞에서」도 '내 안의 다른 나'와의 대화편이다.

3. 가슴으로 쓰는
   시와 여행이 주는 깨달음

생로병사는 모든 생명체가 겪어야 하는 공통된 삶의 과정이다. 그중에서 감정과 이성을 가진 인간은 유독 그 여정에 민감하여 일찍이 불가에서는 인생 4고로 제시하였다.

3부를 여는 시는 시인의 「손」이다. 8행의 짧은 시에 생의 흔적을 담아내고 있다. 짧은 글에 긴 사연을 담아내야 한다는 시의 특성을 잘 살린 작품이다. 손등에 주름이 성성해 보고 싶지 않지만, 자꾸 눈길이 가는 손에 살아온 세월이 담겨있다.

모르는 사이
손등에 산맥과 다랑논이 생겼다

치매 걸리신 시아버님 모신 손
10년간 자식들 도시락 싼 손
남편 저세상까지 배웅한 손이다

보고 싶지 않은데
자꾸 눈길이 간다

- 「손」 전문

언니와 나눈 정과 이별의 과정이 몇 편의 시로 생생히 나타나 있다. 「언니의 기도문」에서 '늘 아픈 동생 걱정'을 하며 '돋보기를 쓰고 만든 인조견 잠옷'을 가져와서는 '올

내 안에 있는 다른 나에게

때처럼 갈 때도 반드시 순서를 지키란다'던 그 언니가 세상을 떠났다. 언니의 기도가 이루어지긴 했지만, 혈육을 떠나보낸 시인의 상실감은 말할 수 없이 크다. 이날의 작별도 남편을 보냈던 시에서처럼 감정을 절제하며 첫 줄을 써 내려갔다.

비 오는 날 언니가 떠났다

곱게 단장하고
욕망도 미움도
다 내려놓고
편안한 모습으로 누워있다

자식들이 매달려
엄마를 불러도
더는 대답이 없다

이젠 마지막인데
말 한마디조차 할 수 없어
차가운 몸을 만진다

- 「언니가 떠났다」 전문

불교의 여러 재일齋日 중 하나인 「우란분재일」에서는 먼저 떠난 남편과 친정어머니를 기리며 목이 멘다. 세상에는 이렇게 많은 이별과 슬픔, 그리움이 많은데 어찌 글을 쓰지 않고 살 수 있을까. 시인은 수시로 제 울음을 울고, 또 남의 울음도 울어주는 곡비哭婢의 영혼을 타고난 존재인지 모른다.

세상이 온통 이별의 눈물바다라 해도 매양 울고만 살수는 없다. 한 번뿐인 삶을 살아가기 위해 전환이 필요하다. 그래서 시인은 문 앞에 '오늘만은 즐거운 여행'이란 외출 메모를 붙여두고 훌쩍 여행을 떠난다. 4부에 펼쳐놓은 시편들이다.

흐르는 세월 잡을 수 없기에
단풍 짙은 이들이
단풍 든 나무 아래서
사진을 찍는다

세월은 잠시도 쉬지 않고
흘러가는데

내 안에 있는 다른 나에게

옛날로 뒷걸음질하며
마음은 청춘이란다

가는 세월 아쉬워 노래 부르다
지난날 추억에
웃기도 울기도 한다

이 순간
단풍색은 점점 짙어만 가고
언제 떨어질지 모른다

그래도
오늘만은 즐거운 여행

- 「그래도 즐거운 여행」 전문

양정옥 시인은 국내외로 여행을 많이 하였다. 자녀들의
지극한 효성 덕분이다. 여행지에서는 습관처럼 펜을 들어
여행 시를 적어 남겼다. 부럽고도 아름다운 모습이다. '가
는 세월 아쉬워 노래 부르다 / 지난날 추억에 / 웃기도 울
기도' 하지만 '그래도 / 오늘만은 즐거운 여행'이라며 오늘

에 충실하고자 노력한다. 이 시의 마지막 연에 쓰인 우리 말 '그래도'는 위로와 상황 전환에 두루 쓰이는 유용한 부사이다. 4부에 펼쳐 보이는 시인의 여행은 베트남, 러시아, 오스트리아, 이집트를 거쳐 코로나 팬데믹 시대에는 국내 여행으로 이어진다. 남쪽 바닷가 여수 돌산 공원에 이르러 숨을 돌린다.

밤하늘에 별들이 총총하고
발아래 찬란한 불빛이
바다 물결 따라 흐르고
사람들 세월 따라 흐른다

길고도 짧은 세월
열심히 살아서
후회할 것은 없다

이제는
물처럼 순응하면서
바람처럼 자취 없이
살다가 가고 싶다

시인은 여행뿐만 아니라 배움의 열정도 대단해 이어지
는 병고와 노령에도 굴하지 않고 배움터가 있는 곳이면
찾아 나서 시인과 수필가로 등단했으며, 오랜 세월 서예
에도 정성을 쏟고 있다. 그뿐이 아니다. 서양화, 동양화에
다 인물화에까지 열중하며 배움의 끈을 이어간다. 정든
사람들 세월 따라 흘러가고 소중한 인연도 그러한 '길고
도 짧은 세월 / 열심히 살아서 후회할 것은 없다'라고 「나
만의 길」에서 술회하는 이유이다. 그리고 '이제는 / 물처
럼 순응하면서 / 바람처럼 자취 없이 / 살다가 가고 싶다'
라고 담담한 자세로 자연의 순리에 따르기를 소망한다.
심여수心如水가 드러난 한 폭 수채화이다.

4. 아름다운 마무리를 향한
   은령의 다짐

　은령銀齡은 머리가 희어진 백발의 나이를 사는 시절을 말한다. 백발은 인생의 서글픔이나 덧없음의 상징이기도 하지만 딴은 지혜와 여유와 멋을 나타내기도 한다. 그 척도나 구분은 순전히 개인이 살아온 발자취나 마음가짐에 따라 다를 수밖에 없다. 어느 대중가요 가사에서도 '우리는 늙어가는 것이 아니라 조금씩 익어가는 겁니다.'라고 노래한다. 세월에 떠밀려 백발을 이고 늙어간다고 생각하면 서글픈 일이 될 것이지만, 욕심을 버리고 넉넉하게 익어가는 것이라면 노년 또한 얼마나 멋지고 아름다울 것인가.

　　먹은 사이 없이 나이 먹고
　　보낸 적 없이 세월만 갔다
　　부질없는 후회하기 싫어
　　이제 계획은 더 세우지 않는다
　　어두운 눈 탓하지 않으며
　　두 발로 걸어 다니는 것

감사한 마음 흔들리지 않고
게으른 생각 내지 말고
다만 바라기는
내일도 오늘처럼 살기를

- 「은령銀齡」전문

　세월은 누구에게나 공평하게 흘러간다. 바쁘게 살다 보
니 어느새 백발 성성한 노년이다. 하여 인생무상이라는
말과 느낌은 동서고금, 빈부귀천이 다르지 않다. 다만 깨
닫는 시기와 어떻게 받아들이냐에 따라 진정한 빈부귀천
이 나타난다. 백발을 하고서도 목소리를 높이고 욕망의
노예가 되어 산다면 나잇값을 못 하는 추한 노년을 보낼
수밖에 없다. 인도의 갠지스강 강가에 가보면 수많은 가
트들이 들어서 있다. 그 집들은 지난날 인도 왕국의 왕들
이 노년을 보내던 곳이었다고 한다. 다른 나라의 왕들처
럼 종신제로 통치하는 것이 아니라 머리에 백발이 보이
기 시작하면 인생의 종점이 다가온 것을 알고 늦기 전에
왕위를 물려준 뒤 신성한 강가로 거처를 옮겼다. 그곳에
서 성수에 몸을 씻고 참회와 기도로 영혼을 맑게 하며 다

음 생을 준비했다고 하니 머리가 숙여질 뿐이다.

양정옥 시인은 누구보다 은령銀齡의 계시를 알고 있다. 그래서 '부질없는 후회하기 싫어 / 이제 계획은 더 세우지 않는다'라고 선언하고 현재에 만족하고 감사하며 자신을 닦는 일에 정진하기를 다짐한다. 소박하지만 소중한 꿈, '내일도 오늘처럼 살기를' 바라며.

그러나 한편으로는 내일이 오늘과 다르기를 간절히 바라는 마음도 있다.

조급한 마음에
자라지도 않은 발톱을 깎는다

암과 싸운 팔 년의 세월
까맣게 된 몸의 흔적

검은 발톱이 사라지면
죽음의 늪에서 벗어나겠지

내일이면

오늘의 내가 아니길 바라며
검은 발톱을 깎는다

-「검은 발톱」 전문

  시인은 오랜 세월 여러 차례 병마와 싸워왔다. 그 과정
에 믿고 따르고 의지하던 남편을 먼저 보내고 절망의 날
들을 살아냈다. 소녀처럼 여린 심성을 가진 시인이 힘든
과정을 이겨낸 것은 스스로를 다스리는 마음공부와 함께
가족들의 사랑과 관심이 있었기에 가능했을 것이다. 거기
다 끊임없는 배움의 열정과 긍정적인 생각도 큰 힘이 되
었음이 분명하다. 짧은 시「검은 발톱」이 그 지난한 시간
을 압축해 보여준다.

  머리털이 죄 빠지고 몸과 발톱에 선연히 남은 항암제의
검은 흔적. 빠른 회복을 바라며 미처 자라지도 않은 검은
발톱을 깎는 심정을 헤아려 보면 가슴이 아려온다. '내일
이면 / 오늘의 내가 아니길 바라며 / 검은 발톱을 깎는다'
는 시인의 독백을 들으며 알게 된다. 희망이 시인을 일으
켜 세웠음을. 시인이 시를 쓰고, 시가 시인을 살게 했다는
사실을.

마중물을 부어
밑바닥에 고여있는
맑은 물을 끌어 올려
하루를 연다
녹을 닦아내고
헐거워진 곳은 조이고
망가진 것은 갈아 끼우며
금이 간 유리병 다루듯 조심스럽게
오늘도 내일도
아니,
내 생의 남은 시간을 다 들여서
정성껏 돌보리라

-「펌프」전문

집마다 상수도가 없던 시절 옛집 마당에 펌프가 있었
다. 아침에 일어나 물을 끌어 올리기 위해서는 먼저 마중
물을 부어야 했다. 수시로 녹을 닦아내고 수리하며 조심
스럽게 다루어야 맑은 생명수가 마련되었다. 아침에 일어
나 몸을 풀고 걷기를 하고 약을 먹어야 살아가는 노년의
몸이 지난 시절 조심조심 다루던 펌프를 닮아간다. 펌프

내 안에 있는 다른 나에게

를 끌어들여 몸을 노래하는 비유가 적절하고 공감이 간
다. 그리고 '내 생의 남은 시간을 다 들여서 / 정성껏 돌보
리라'는 구절을 읽으며 은령의 세월을 사는 시인의 자기
관리 자세와 다짐에 마음이 놓인다.

5. 나가는 말

아날로그에서 디지털 시대를 넘어 이제는 인공지능(AI)
시대가 열리고 있다. 최근 주목받고 있는 '챗GPT'가 기사
를 작성하고 시를 쓰며 작곡을 하는 놀라운 세상이다. 그
뿐이 아니다. 빅데이터에서 추출한 영상으로 죽은 자를
불러내 실시간 대화를 나누는 단계까지 발전한 과학 문
명은 상상을 초월한 지 오래다. 다른 분야도 마찬가지겠
지만 이런 때에 시인은 어떤 시를 써야 할까 하는 고민을
하게 된다. 남의 흉내를 내는 아마추어 시인이나 머리로
만 글을 쓰는 작가나 예술가는 이제 더 이상 존재 가치가
없어지게 되었다.

시상이 아름답고 기교가 뛰어나더라도 사람 냄새가 나지 않는 시, 틀에 박힌 듯한 시는 더 이상 살아남을 수 없을 것이다. "시는 체험이다."라는 R.M.릴케의 말을 다시금 소환해 보는 이유이다. 잘 닦여진 포장도로가 아니라 흙먼지 날리는 우툴두툴한 길, 질박하여 번뜩이지 않더라도 누구도 따라 할 수 없는 삶의 체험과 예측을 벗어난 상상력이 들어있는 시가 참다운 시가 아닐까 한다.

그런 의미에서 양정옥 시인의 시는 머리로 쓴 시가 아닌 온몸으로 써 내려간 시이다. 끊임없이 '가슴에서 머리는 가는 여행' 중에 있는 시여서 정감이 있고 감동을 준다. 곁에 두고 거듭 읽어도 물리지 않는 시편들이 옹기종기 모여 있는 시들의 소박한 집 한 채를 마련해 두었다. 시인은 이를 두고 「나의 탑」이라고 이름 지었다. '멋진 석공의 탑은 아닐지라도 / 사랑하고 보듬으면서 / 주위를 밝히는 탑으로 남으리라'고 마침표를 찍고 있다. 그리고 부족하지만 「생이 끝나는 순간까지」 당신을 사랑하겠다고 다짐한다. 말할 것도 없이 '당신'은 호모 로쿠엔스가 가지는 최고의 사치품 시이다.

내 안에 있는 다른 나에게

시의 경배자인 양정옥 시인의 새 시집『내 안에 있는 다른 나에게』출간을 축하드리며, 자신의 치유를 넘어 다른 사람에게도 위안이 되고 도움이 되는 시를 쓰고 싶다는 시인의 바람이 이루어지기를 응원하며 기대해 본다.